Dr. Watson
Basset Hound

Ute Heinke

Impressum

© 2017 Ute Heinke

1. Auflage
Umschlaggestaltung: Dorit Goedecke
Illustration: Ute Heinke
Lektorat: Ute Heinke
Fotos: privat

Verlag: tredition GmbH, Hamburg

ISBN Paperback: 978-3-7439-0523-8
ISBN Hardcover: 978-3-7439-0524-5
ISBN eBook: 978-3-7439-0525-2

Bibliografische Informationen der Deutschen Nationalbibliothek: Die Deutsche Nationalbibliothek verzeichnet diese Publikation in der Deutschen Nationalbibliografie; detaillierte bibliografische Daten sind im Internet über http://dnb.d-nb.de abrufbar.

Vorwort

Die besten Geschichten sind nun mal die Geschichten, die das Leben schreibt. Hier schrieb das Leben Geschichten von einem Hund, der aus der Rasse eines Vierbeiners entsprang, der als Werbe-Ikone für eine hervorragende Schuhfirma bereits Jahrzehnte lang fungiert.

Sein Adelsname wurde ignoriert und durch „Dr. Watson" – einen zu ihm passenden – ersetzt.

Die authentischen Geschichten stehen im engen Zusammenhang mit seinem Familienrudel und seinem späteren tierischen Weggefährten Holmes.

Lustiges, Nettes, Nachdenkliches und zum Schluss auch Trauriges zeichnen die gemeinsamen Jahre aus, die ich dem werten Leser und Tierfreund nicht vorenthalten möchte.

U. Heinke

Die Namen der noch lebenden Personen sind geändert; die Handlung ist nicht frei erfunden.

Alles Geschriebene bleibt wie es ist, denn die Änderung eventueller Grammatik- und Rechtschreibfehler behält sich ausschließlich der Autor vor – der darf das.

INHALT

Dr. Watson Basset Hound

ALLER ANFANG IST SCHWER

Es war Herbst, als die Familie ihren ganz speziellen Familienzuwachs bekam. Die Eltern Martin und Uta lebten mit ihren zwei Jungs im Alter von neun und sieben Jahren zur Miete in einer Jugendstilvilla in der schönsten Harzstadt. Und dann kam urplötzlich das ‚Kind mit Fell‘ dazu.

Freundin Doris, die Drittbesitzerin des halbjährigen Hundes, wollte das Tier aus nachvollziehbaren kriminellakustischen Gründen nicht mehr im Haus haben. Danach startete Utas Bruder Jörn den vergeblichen Versuch, den Hund mit ins Elternhaus zu bekommen.

Es war wohl Mitleid und Martins und Utas großes Herz, dass der umhergestoßene Rüde bei ihnen endlich ein dauerhaftes Zuhause fand.

Der Umbau ihres eigenen, alten Fachwerkhauses war so weit fortgeschritten, dass ein Umzug in absehbarer Zeit erfolgen konnte. Sie bekamen ‚grünes Licht‘ vom damaligen strengen Vermieter, und fortan gehörte der Basset zu ihrer Familie.

Ein Basset! Uta wollte schon immer einen Hund. In ihrer Jugendzeit war die Schäferhündin des Nachbarn ihre treue Begleiterin.

Bei Vater Martin war das völlig anders – er mochte diese Art Tiere nicht sonderlich; eigentlich hatte er sogar Angst vor ihnen.

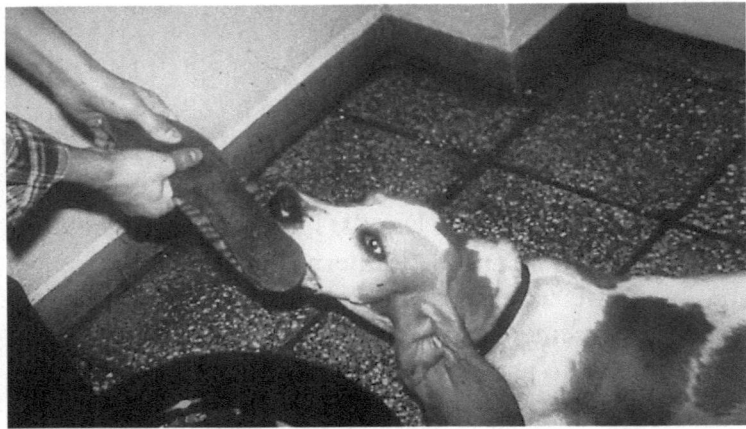

„Braun und weiß – so ein hübsches Fell... und ganz weich!" Die Kinder waren begeistert. Daniel und Johannes freundeten sich mit dem haarigen Kerl mit den langen Schlappohren sehr schnell an.

Natürlich musste so ein besonderes Tier auch einen besonderen Namen haben. Weil der Hund auf jedem Gebiet etwas schwerfällig war (Basset-Besitzer wissen, wovon ich schreibe), gaben sie ihm den Namen des nicht ganz so pfiffigen Holmes-Mitarbeiters „Dr. Watson", weil auch bei dem der Groschen immer ‚mit Fallschirm' fiel.

Sobald sich Dr. Watson allein in einem Raum befand, startete er herz- und nervenerweichende Bell- und Jaulorgien, die nicht gerade zur Freude der Familie und der Hausmitbewohner beitrugen. Nach gut einer Woche hatte sich das Problem auf seltsame Weise erledigt.

OMAS BESUCH

Irmchen war ein Prachtexemplar von einer Groß- und Schwiegermutter. Sie half, wo sie nur konnte und war der gute Geist der Familie.

Auch sie mochte Hunde nicht sonderlich, denn immer wieder verfolgte sie in einem Albtraum ein riesiger, schwarzer Köter und wollte ihr Böses tun. Dann wachte sie klitschnass auf und der ganze Tag war gelaufen.

Nun hatten sich Juniors einen Hund zugelegt – allein der Gedanke daran ließ sie ihren nächsten, eigentlich längst fälligen Besuch immer weiter vor sich herschieben. Irgendwann gab es keine Ausreden mehr. Als Wiedergutmachung für ihr langes Ausbleiben brachte sie der Familie eine selbstgebackene, stattliche Schokotorte mit, die es kalorienmäßig in sich hatte.

Oma Irmchen sah erstmalig den Hund, der freundlich schwanzwedelnd auf sie zukam und musste lachen: So ein drolliger, tapsiger Kerl mit riesigen Pfoten und den viel zu kurz geratenen Beinen, weiß-braun gefleckt und mit den langen Schlappohren, auf die er manchmal drauftrat und die beim Fressen meist mit im Napf hingen – also vor dem braucht man wirklich keine Angst zu haben; das ganze Gegenteil von ihrem „Traumhund"!

Man trank gemeinsam Kaffee und aß den wunderbaren Kuchen. Aber mehr als ein kleines Stück konnte man beim besten Willen nicht essen. Dehnte sich die Torte nachträglich im Magen aus? Die Erwachsenen schrien nach „Brockenkräuter", die Kinder mussten da so durch; die sollten sich bewegen.

Der Tisch wurde abgeräumt, Geschirr und Torte, von der noch gut eine dreiviertel übrig war, in die Küche getragen.
Alle waren über die Maßen gesättigt und Dr. Watson bekam in der gefliesten Küche auch sein Fressen – er sollte ja nicht leben wie ein Hund!

Oma, Eltern und Kinder spielten im Wohnzimmer Mensch-ärgere-dich-nicht.
„Horcht, Dr. Watson bellt jetzt gar nicht mehr, obwohl er allein ist!"
„Bestimmt hat er sich an euch alle gewöhnt. Er weiß eben, dass ihr's gut mit ihm meint.", sagte Oma Irmchen.
Es war schon dunkel und Martin und die Jungs wollten Oma zum Bus begleiteten. Natürlich mit Hund. Nachdem Vater die Küchentür einen Spalt weit öffnete, kam Dr. Watson fröhlich angewackelt und bekam sofort Belohnungsstreicheleinheiten wegen Nichtbellens.
Der Weg zur Bushaltestelle wurde gleich mit der abendlichen Hunde-Runde kombiniert.

Inzwischen wollte Uta das Geschirr spülen und traute ihren Augen nicht, als sie in der Küche das Licht anknipste: Der Hund hatte nicht aus Liebe zur Familie und dass er sich eventuell an sie gewöhnt hätte, die Schnauze gehalten (bei Hunden darf man das so sagen). Der gefräßige Köter machte sich, nachdem er seinen Napf ratzeputz leergefressen hatte, über die Schokotorte her. Die sah aus, als ob ein Blitzknaller 'reingeflogen wär! Über den Daumen gepeilt hatte Herr Doktor die nun unbrauchbare Menge von schätzungsweise einem viertel Stück übriggelassen!! Eigentlich hätte sein Bauch auf der Erde schleifen müssen...

Wieder zu Haus angekommen, hatten alle fürchterlich mit ihm geschimpft. So verärgert kannte er bis dahin sein neues Rudel nicht. Er setzte seinen mitleiderregendsten Hundeblick auf und alle beruhigten sich allmählich.

„Jetzt wird mir klar: Deshalb hat er so viel....", schlussfolgerte Vater Martin. „Bloß nichts der Oma sagen!"

Bei der nächsten Oma-Irmchen-Begegnung lobten alle die Schokotorte in den höchsten Tönen: „Oma, die hat sooo gut geschmeckt – die war ganz schnell alle!"

„Ich mache euch bald wieder eine Neue, meine Kinder!"

Auch den schlimmsten Geschehnissen kann man etwas Gutes abgewinnen: Nach der „Opfertorte" blieb Dr. Watson auch ohne Bellen und Jaulen über Stunden allein in irgendwelchen Räumen. Doch nachts musste die Tür vom Elternschlafzimmer zum Wohnzimmer geöffnet bleiben – wegen des Hundes. Er war noch jung, und allein das Gefühl, dass sein Leittier für ihn erreichbar ist, ließ ihn nebenan ruhig schlafen.

BETTGESCHICHTEN

Die Kinder hatten immer einen sehr tiefen Schlaf. Das lag wohl an Vaters Genen. Uta sagte immer: „Die kann man zum Brocken tragen und zurück – die merken nichts!"
Doch der Siebenjährige hatte nachts eine gut dreimonatige Phase, wo er schlaftrunken ins Elternschlafzimmer kam. Er stand mit seinem Kuscheltier vor dem schlafenden Papa und begehrte Einlass.
Bei Mutter Uta war damals nichts zu machen. Sie schlief eh schon ‚zu zweit' im Bett, denn in ihrem damals stattlichen Bauch machte es sich das mit Freude erwartete Schwesterchen gemütlich.

Vater Martin hob im Halbschlaf das Deckbett, und – schwupp! – war der Bursche abgetaucht und schlief ganz fest und sicher zwischen Papa und Kuscheltier. So ging das fast jede Nacht.

„Psst...psst!" Uta wurde von dem leisen Zischen geweckt. Martin war völlig aufgeregt, fuchtelte mit den Armen und deutete neben sich. Uta richtete sich mühsam auf und schaute über den Körper ihres Mannes hinweg. Sie traute ihren Augen nicht: Da lag Dr. Watson zugedeckt auf dem Rücken und schnarchte! Die Zunge hing ihm aus dem Maul und die Lefzen schlabberten im Luftzug eines jeden Schnarchers. „Himmelhund! Raus mit dir! Ich glaub's nicht!" Uta war empört und Dr. Watson sprang aus dem Bett und flüchtete unter den Tisch im Wohnzimmer.

„Wie konntest du nur!" Martin war sich keiner Schuld bewusst. Natürlich erwartete Vater nachts den Kleinen und lüftete bereitwillig die Decke. Aber dass der Hund es dem Burschen gleich tat, hatten sie nie für möglich gehalten. Nur gut, dass in jener Nacht nicht auch noch der Junge kam. Womöglich hätte er einen Schock für's Leben bekommen oder wie Vater überhaupt nichts gemerkt.

THEORIE UND PRAXIS

Als feiner Familienhund muss man im Verhalten schon bestimmte Grundkenntnisse besitzen. Erst recht als promovierter.

Vater Martin besorgte sich entsprechende Bücher zur Hundeerziehung. Weil das eigene Staatsexamen nebenher lief und er als Familienvater so ganz nebenbei im 3-Schichtsystem arbeitete, fehlte ihm einfach die Zeit, sich im Vorfeld intensiv mit der Lektüre zu befassen.

Zeitmangel plus Spontanität verspricht nur selten dauerhafte Erfolge. Und dennoch: den Versuch war's wert! Links den Hund an der Leine, rechts das aufgeschlagene Buch und einen Folienbeutel mit Belohnungsfleisch.

„Sitz!" „Platz!" „Steh!" „Komm her!" Das klappte schon ganz gut.

Dann der große Moment: „Dr. Watson kann jetzt schon ohne Leine gehen. Passt auf!" Martin gab das Kommando „Bei Fuß!", und der Hund trabte gemächlich an der linken Seite neben ihm her. Mutter und die Jungs beobachteten das alles aus entsprechender Entfernung.

Sie gingen die gewohnte Runde um das Karree und bogen in die Straße zu ihrer Wohnung ein. Plötzlich hob Dr. Watson seine Nase in die Luft, wurde schneller und schneller. Martin hinterher. Erstaunlich, wie schnell so ein Basset beschleunigen konnte!

Hinter der Küche der dort ansässigen Gaststätte wurden Speisereste und Abfälle zum Abholen gelagert. Dort verschwand der Hund und tauchte plötzlich mit einem riesigen Stück Schweineschädel, dessen Fleisch wohl zu Sülze verarbeitet worden war, hinter der Mauer auf. Es nützte kein Rufen, keine Kommandos – der Hund gab mit der fetten Beute, die er streckenweise hinter sich her zerrte, nur noch mehr Fersengeld. Und Martin lief so schnell er konnte immer hinterher!

Da war das Altersheim mit dem hübschen Rosenrondell im Garten. Dorthin rannte der Hund. Vater Martin war ihm dicht auf den Fersen. Mit dem Schweinekopf im Fang ging es immer um das Rosenbeet herum. Dr. Watson war clever und ließ sich nicht austricksen, denn sobald Martin die Richtung änderte, um ihm entgegen zu laufen, tat er das blitzschnell auch. Natürlich mit Schweinekopf.

Inzwischen sammelten sich an den Fenstern begeisterte Zuschauer, die Hund und Herrchen lautstark anspornten. Es kam zum Showdown: Mit einem gekonnten Hechtsprung stürzte sich Vater Martin auf den Hund, entriss ihm den Schweineschädel, schleuderte ihn mit voller Wucht über einen hohen Zaun und leinte seinen Hund an. Beifall und Bravo-Rufe waren vom Pflegepersonal und den älteren Insassen zu hören, und Dr. Watson ging brav mit seinem Herrchen des Weges, als ob nichts gewesen wäre.

Aber der Rest der Familie, der schmunzelnd alles aus annehmbarer Distanz beobachtete, tat so, als ob er nicht dazugehörte.

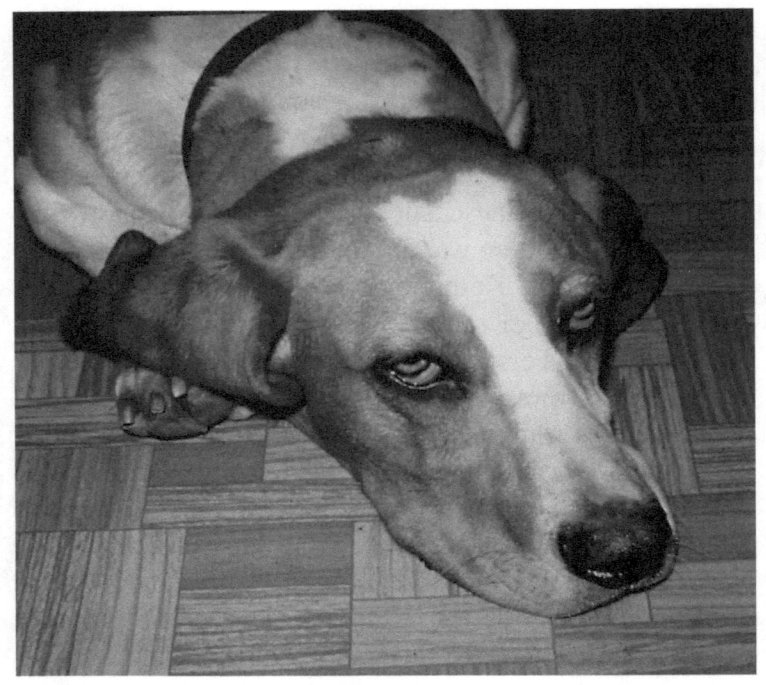

Basset-Besitzer wissen ein Lied von der Eigenwilligkeit ihrer Hunde zu singen, und zwar nach dem Ottomotto:

Wenn ich zu meinem Hund sage
„Komm her! ...oder nicht.",
dann kommt er her oder nicht -
und zwar sofort!

HÄNSCHEN, DER KLOPFER

Bevor der Hund in das Leben der Familie trat, hatten sie schon andere Tiere wie Boddy, den Zwergpapagei, der nach dem Frontmann einer bekannten Berliner Bluesband benannt worden war, einen Wellensittich, der immer in die Schüssel mit Bohnensalat flog und bei den Mahlzeiten prinzipiell auf den Gabeln der Essenden landete und deshalb weggesperrt werden musste, und Hänschen, einen kleinen Zwergrammler.

Die Eltern fanden, dass Tiere einfach zu einer Familie mit Kindern dazugehören sollten.

Uta schleppte als Kind unzählige Katzen und freilaufende Hunde an, die sie nie behalten durfte. Irgendwann rangen sich ihre Eltern zu einem Wellensittich namens Jacki durch, der sehr zutraulich wurde.

Tiefste DDR: Uta war gerade eingeschult worden, als der 1. Präsident starb. Die Kinder mochten den Mann, sah er doch auf den Fotos, die überall in verschiedensten Größen mit demselben Porträt hingen, mit seinen weißen Haaren und dem freundlichen Blick wie ein lieber Opa aus! Alle kleineren Kinder waren furchtbar traurig und heulten. Unvergesslich waren die Fahnen auf Halbmast und der Trauerflor an Bildern und Flaggen. Das machte Eindruck auf das sensible Mädchen.

Kurze Zeit später lag Jacki auf dem Rücken mit ausgestreckten Beinchen im Käfig. In Onkels Zigarrenkiste wurde er würdig im Garten an der Stadtmauer beigesetzt.

Am folgenden Tag bestückte das Kind eine kleine DDR-Fahne mit einem dicken, schwarzen Gummiband und steckte sie in die Halterung am Fenster zur Straßenseite – das musste man doch machen, wenn jemand verstorben ist, den man lieb hatte! Zumindest tickte die kleine Uta so.

Sie verstand die Welt nicht mehr, als ihre Mutter von der Arbeit kam, die Fahne nebst schwarzem Band sofort entfernte und furchtbar mit ihr schimpfte...

Die eigenen Kinder durften Tiere haben – zuerst die Vögel, dann Hänschen, das Zwergkaninchen mit dem braunen Wuschelfell. Das wohnte in einem Stall auf dem Hof mit einem anderen Häschen zusammen. Manchmal durfte es, weil es zahm war, sogar in die Wohnung und dort richtig toben.

Inzwischen gab es aber auch den Hund. Würden sich die beiden vertragen, noch dazu, weil die Hunderasse primär für die Jagd gezüchtet wurde? ‚Versuch macht klug‘, sagt man. Außerdem war der Hund noch jung.

Hänschen befand sich schon im großen Wohnzimmer, als Dr. Watson durch die Tür kam. Daniel hatte das Langohr auf dem Schoß und zeigte es dem Hund, der das Häschen vorsichtig ‚abscannte‘. Höchstwahrscheinlich nahm er Hänschen als Familienmitglied wahr, dem man nichts tun darf. Das Kaninchen wurde auf den Teppich gesetzt und das war für beide Tiere die Aufforderung zum Spielen! Mal rannte Hänschen hinter dem Doktor her, und mal umgekehrt – es war wie beim Kriegenspielen: „Du bist!".

In puncto Schnelligkeit und Geschicklichkeit war das Häschen dem Hund haushoch überlegen. Wenn Dr. Watson fangen musste und nicht so schnell die Kurve um Tisch, Couch und Sessel bekam, ‚klopfte' Hänschen ungeduldig mit den Hinterbeinen, als wolle er sagen: „Nun komm schon und fang mich!"

Nach 'zig Fangversuchen legte sich Dr. Watson total fertig auf das Fell vor dem Tanner Ofen mit Sichtscheiben und schlief sofort ein.

Hänschen hoppelte gelangweilt durch das Zimmer. Allein spielen macht keinen Spaß.

Johannes brachte den kleinen Kerl zurück in seinen Stall. Dort wartete Schneewittchen, eine weiße Zwerghäsin, auf ihn. Die war zwar ausgesprochen hübsch, aber auch ziemlich langweilig.

KOMM HINTER MEINE HECKE

Immer wieder sonntags... muss man als pflichtbewusster Hundebesitzer ebenfalls 'raus. Manchmal schon sehr früh. Noch konnten die Eltern die Jungs nicht allein mit dem Hund gehen lassen.

Dr. Watson war zwar nicht sehr groß, aber ungeheuer kräftig. Sah man nur seine Pfotenabdrücke im Schlamm oder Schnee, und hörte man dazu seine unglaublich tiefe Stimme beim Bellen, hätte man mindestens auf eine Deutsche Dogge schlussfolgern können.

Vater Martin ging mit Daniel und Johannes die gewohnte Hunderunde und Uta bereitete währenddessen das Frühstück.

Die Jungs wechselten sich ab – jeder durfte den Hund an der Leine führen. Zuerst der Große. Auf der Hälfte der Strecke wurde fairerweise gewechselt (anfänglich gab es sogar Streitigkeiten unter den Jungs; später mussten die Eltern Anweisungen geben, WER geht, und zu guter Letzt war das Gassigehen ausschließlich Martin und Uta vorbehalten).

Nun war der kleinere Johannes, den alle ‚Hannes' nannten, an der Reihe. Damit Dr. Watson nicht ausbüxen konnte, wickelte der Junge die Leine mehrfach um sein Handgelenk. Mit der anderen Hand fasste er seinen Vater an. Der Hund wurde an der Häuser- und Gartenseite des Fußweges geführt, sodass er so richtig schnuffeln konnte. Ein harmonisches Bild – mittig ging Papa, der rechts seinen Daniel und links den Hannes an der Hand hielt, und neben Johannes trottete Dr. Watson her, bis… ja, bis die mannshohe Hecke kam, die sich die Hausbesitzer anstatt eines Zaunes gepflanzt hatten.

Man ahnte wirklich nichts Böses, dann – schwupp! – in Blitzesschnelle war Vater Martins linke Hand leer und Hannes und Hund waren urplötzlich verschwunden!

Das Corpus Delicti lauerte unmittelbar hinter der Hecke in Gestalt einer todesmutigen Miezekatze, die einfach sitzen blieb, als sich Dr. Watson näherte. Seine superfeine Spürnase signalisierte ‚Hundefeind, den man unbedingt verjagen muss‘, und mit einem unglaublich schnellen Satz sprang das Hundetier durchs Gestrüpp und zerrte den erschrockenen Jungen gleich mit: Der Hund bellte, die Katze fauchte und das Kind schrie wie am Spieß!

Natürlich suchte die Mieze ganz schnell das Weite. Der Doktor kümmerte sich nicht weiter um den schreienden Jungen, sondern bahnte sich seinen Weg zurück durchs Gebüsch zum verblüfften Rudelrest: ‚Hey, habt ihr das gesehen?! Ich habe die böse Katze vertrieben – ich bin ein Held!‘

Dann kam das zerschrammte Kind auf allen Vieren mit der Leine um das Handgelenk gewickelt, wie der Prinz aus der Dornröschenhecke und musste getröstet werden. Und Hundeschimpfe wäre in diesem Fall für die Katz.

Fazit:

Ist ein Junge noch kein Recke,
zieht der Hund ihn durch die Hecke!

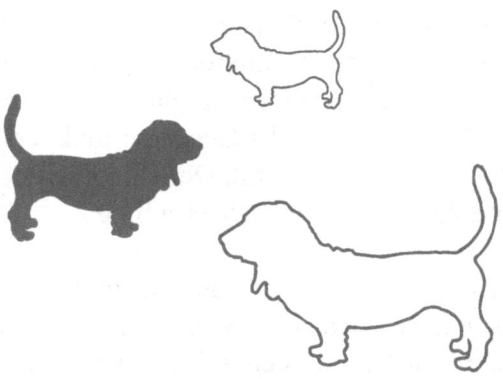

ANGELAUSFLUG

Vater Martin war stolzer Besitzer eines Angelscheins und einer ebensolchen Ausrüstung. Wie gern fuhr die ganze Familie mit dem froschfarbenen Trabbi zur „Bucht" an die Rappbodetalsperre!

Die Straße endet im Wasser. Einst führte sie über die alte Trogfurter Brücke nach Hasselfelde, die mit dem Bau der Talsperre überflutet wurde.

Ein kleines Bächlein neben dieser Straße mündete ebenfalls im Wasser. Die vielen Tierspuren im Schlamm ließen einen regen Wildwechsel erkennen.

Die Jungs waren längst von Vaters Leidenschaft angesteckt, und so wurde es für Martin niemals langweilig, weil er ständig ihre verfitzten Angelschnüre auseinander puseln musste.

Fast immer waren Freunde wie Powenz, der große Hannes oder Ralle dabei, die ebenfalls leidenschaftlich gern angelten und bei einem feinen „Hasseröder" stundenlang auf die sich im seltensten Fall bewegende Pose stierten.

Und sie bewegt sich doch! Das war dann wie ein Fünfer im Lotto. Die größte Forelle zog übrigens einst Daniel an Land…

Uta suchte währenddessen Pilze im Wald. Das war rentabler. Doch diesmal kam alles anders, denn Dr. Watson war auch dabei. Kaum in der Bucht angekommen, nahm die Tragödie ihren Lauf:

Bassets gehören wegen ihres ausgeprägten Geruchsinns zur Gruppe der Schweißhunde.
Wikipedia sagt dazu: „Ein Schweißhund zeichnet sich durch einen ungewöhnlich guten Geruchssinn, Ruhe, Wesensfestigkeit und Finderwillen bzw. Spurwillen aus."

Stimmt. Der ruhige Dr. Watson sprang aus dem Trabbi, hielt seine Nase in die Luft, schnuffelte und beschloss aufgrund seiner Wesensfestigkeit, der Spur unbedingt nachzugehen und zu finden... Da konnte ihn niemand, aber auch niemand davon abbringen. Alle riefen, schrien, fuchtelten mit den Armen – aber nichts nützte. Dr. Watson würdigte seinem Rudel nicht einmal eines Blickes, sondern verfolgte starrsinnig die Fährte, die unmittelbar in den Wald führte. Nichtanglerin Uta folgte. Erst durch Schlamm, dann durch Gestrüpp in den Wald und suchte. Nach Stunden kam sie zerkratzt, durchgeschwitzt und mit hochrotem Kopf erfolglos zu den Anglern zurück.

„Dann fahren wir eben jetzt nach Haus!", ordnete Martin an. Uta diskutierte, aber ihr Mann ließ sich auf nichts ein.
‚Gut – ohne Hund würde er fahren. Aber ohne Frau?', dachte sie sich und verschwand wieder im Wald. Sie rief und rief ganz verzweifelt diesen dussligen Hund, der plötzlich schwanzwedelnd mit entwaffnendem Hundeblick neben ihr stand.
Aber was nun? Sie hatte in aller Hast die Leine verges-

sen. Und sobald der Doktor jetzt erneut etwas wittert, ist er wieder verschwunden!

Sie sah an sich herunter. Was ist geeignet? Was kann man entbehren? Kein Gürtel stand zur Verfügung. Strümpfe? Heute hatte sie nur Socken an den Füßen…. Aber sie war clever!

Natürlich lachten sich die Kerle schlapp, als sie sich mit Dr. Watson an ihrem Büstenhalter festgebunden durch das Gebüsch zur Angelstelle schlug. Na und? Hauptsache, der Hund ist wieder da und die Familie konnte vollzählig die Heimreise antreten.

Die Angeltour war mal wieder nicht so erfolgreich, denn die Mannsleute hatten allesamt nichts an der Strippe. Nur Mutter Uta hatte ihren Hund ‚an der Strippe', auch wenn die in diesem Fall ausgesprochen ungewöhnlich war.

RÄCHER, RETTER UND RAPIERE

Uta wurde von ihrer Arbeitsstelle für eine Woche zur Weiterbildung in eine andere Stadt delegiert. Das Töchterchen war ebenfalls dabei – allerdings noch ‚verpackt'.

Martin allein zu Haus, hätte man die damalige Familiensituation beschreiben können, aber das stimmte nicht ganz, denn die beiden Jungs und Dr. Watson waren bei ihm.

In Frauchens Abwesenheit sollte Dr. Watson auch nicht leben wie ein Hund! Hundhaben verpflichtet, und so einfach wie heute – Dose auf, Futter in den Napf und gut – war es damals überhaupt nicht.

Vater besorgte erst einmal einen Eimer voll von Doktors Lieblingsspeise: Frischen Pansen vom Schlachthof. Eigentlich heißt Rindermagen so. Alle Bekannten kürzelten auch das Borstenviehverdauungsorgan in eben diesen Begriff.

Die Teile sahen wie dicke, fette Badekappen mit eigenwilligen, inneren Strukturen aus. Sie ließen sich ganz schwer zerschneiden. Das ging weitaus besser, wenn man das Schlabberfleisch vorkochte und dann portionierte. Der einstige Windeltopf der Familie hatte die entsprechende Größe. Das Fleisch kam mit Wasser bedeckt hinein. Der

Kohleherd, der in der Küche stand, wurde angeheizt, der Riesentopf darauf gestellt und gut.

Vater ging zu seinen Jungs ins Wohnzimmer. Die warteten schon ganz gespannt auf die Mantel- und Degenserie „Rächer, Retter und Rapiere". Der Hund auch. Sie saßen ganz dicht vor dem kleinen Russenfernseher Marke „Junost" und verfolgten hochkonzentriert die spannenden Fechtszenen, in denen immer die Guten gewannen.

Inzwischen kochten und kochten die „Badekappen" in der Küche; eine schöne Küche mit Jugendstilfliesen auf dem Boden und zur Hälfte an den Wänden. Die andere Hälfte und die Decke waren tapeziert. Zumindest, bevor der Topf auf dem Kohleherd stand und zu kochen begann.

Die spannende Serie hatte alle so fasziniert, dass sie völlig den brodelnden Topf mit dem Pansen in der Küche vergaßen. Abgesehen von dem eigenwilligen Geruch bot sich ihnen ein unglaubliches Bild: Das fließende Wasser an Fensterscheibe und Wandfliesen war noch zu verkraften, jedoch die Wandtapete hatte sich heruntergerollt und die Deckentapete hing wie übergroße Fliegenfänger von oben in den Raum! Nur gut, dass Uta nicht anwesend war.

Es blieben noch drei Tage, um die Küche in ihren Urzustand zurückzuversetzen, was den drei ‚Männern' mühelos gelang.

Dr. Watson hatte es während dieser Zeit besonders gut getroffen: Er durfte seine Pansenmahlzeiten ausnahmsweise im Wohnzimmer einnehmen!

DAS HAUS

Inzwischen hatte sich die Familie um die kleine Juliane vergrößert. Trotzdem stand das Verhältnis immer noch 3:2 zugunsten der Mannsleute. Und dann noch Dr. Watson, der ebenfalls zu dieser Spezi zählte.

Endlich zogen sie in die eigenen ,4 Wände'! Gut, das ist ein wenig geprahlt, denn einige Wände mussten erst einmal als solche wieder hergestellt werden. Es gab unheimlich viel zu tun und alle packten fleißig mit an. Nach und nach wurde das alte Fachwerkhaus wohnlich.

Dr. Watson nahm sein neues Revier gleich in Beschlag. Auf dem Hof stand ein riesiger Walnussbaum, den er sofort als seinen Oberlieblingsbaum markierte, und das war keine einmalige Angelegenheit. Der Baum konnte das ab.

Dr. Watson, anfänglich ebenfalls Hausbewohner, hatte Zugang zu allen Räumen. Nur das elterliche Schlafzimmer und die Betten der Kinder waren für ihn ein absolutes Tabu. Doch die meiste Zeit verbrachte der Basset auf dem Hof und im Garten, um fremde Katzen und Vögel zu jagen.

Manchmal bekam Dr. Watson von freundlichen Nachbarn große Knochen als ,Geschenk' zum Abknabbern.

Anschließend vergrub er die, um sie später, wenn sie mit einem leckeren, brummermagnetischen Aroma aus dem Erdboden dufteten, wieder auszugraben und zu verspeisen. Eben Hund. Zurück blieben klaftertiefe Löcher, in denen die Erwachsenen, wenn sie beim Gehen nicht achtgaben, bis zum Oberschenkel verschwanden.

Eine kleine Pforte führte zur Straße. Die wurde in der Hoffnung, dass sie nicht richtig verschlossen ist, sofort von Dr. Watson inspiziert, sobald er auf den Hof kam. Es passierte nicht oft, aber es passierte. Dann konnte der Hund allein Gassi gehen und das wusste er. Und diese sehr seltenen Gelegenheiten wurden am Schopfe gepackt!

In kürzester Zeit kannte die ganze Nachbarschaft und die Anwohner der angrenzenden Straßen das eigenwillige, freundliche Hundetier und wussten genau, wo er wohnte.

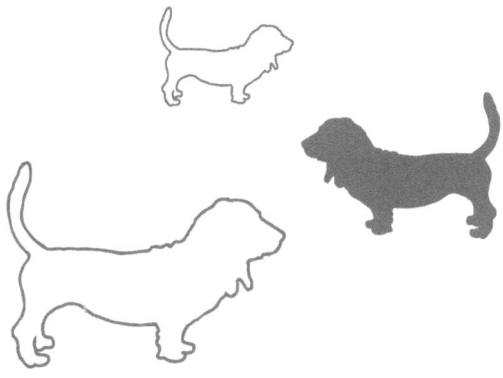

STRESS MIT ARTGENOSSEN

Mutter Uta machte eine ungewöhnliche Beobachtung: Ging sie mit Dr. Watson Gassi und kamen ihr andere Hundebesitzer mit ihren Vierbeinern entgegen, wollte der Doktor immer Freundschaft schließen und schnuffeln. Watson war ein sehr freundlicher Hund. Immer begrüßte er in jungen Jahren schwanzwedelnd Menschen und Artgenossen. Doch Letztere begegneten ihm mit ausgeprägter Skepsis, was für die Familie ein großes Rätsel war.

Fast alle Herrchen und Frauchen, die das nach Anfrage gestatteten, sagten: „Mein Hund tut nichts, der ist ganz friedlich!"

Ob große oder kleine Hunde, ob edlen Geblüts mit beachtlichen Stammbäumen oder einfache Straßenköter – wollte Dr. Watson sie ,abscannen' und kam ihnen in freundlicher Absicht sehr nahe, wurden die Tiere plötzlich aggressiv, bellten oder wollten sogar zuschnappen.

„Das hat er noch nie gemacht!", riefen die Hundebesitzer empört und zerrten mit der Leine ihr Tier von dem verblüfften Dr. Watson weg.

Uta hatte keine Erklärung. Martin auch nicht. Dem musste man auf den Grund gehen: Uta nahm den großen, ovalen Spiegel von der Wand, stellte ihn auf den Fußboden und rief ihren Hund. Der kam freudig schwanzwedelnd angewackelt, doch als er sein Spiegelbild entdeckte, stutzte er, erstarrte für einen Augenblick, schlug den Rückwärtsgang ein und ging ganz, ganz langsam wieder retour, um im nächsten Moment nach einer Kehrtwende Fersengeld zu geben!

Also sah er sich selbst nicht als gemütlichen Hund. Die fremden Artgenossen fühlten sich von seinem Anblick bedroht und bedrängt, und reagierten deshalb aggressiv – logische Erklärung.

Aber es gab auch andere Konfrontationen.

Es war Sonntag kurz vor dem Mittagessen, als ein paar Kinder Sturm klingelten. Vater Martin ging zur Tür. Ganz aufgeregt riefen sie: „Dr. Watson ist tot – der liegt da hinten auf der Straße!"
Irgendwie muss die Gartenpforte offen gewesen sein… Martin und die Jungs folgten den Kindern.

Die Leute, die ca. 100m weiter unten auf der Straße wohnten, waren stolze Besitzer von zwei stattlichen Deutschen Doggen. Sie versuchten krampfhaft, die riesigen Tiere, die sich vermutlich den Basset als Sonntagsbraten ausgesucht hatten, zur Raison und in ihr Grundstück zu bekommen. Irgendwann hatten sie Erfolg.

Herrchen und Kinderschar konnten sich nun dem bratschebreit am Boden liegenden Opfer nähern.
„Wir haben das genau gesehen: Doktor Watson ging

einfach nur auf dem Fußweg und schnüffelte. Und hier am Zaun wollte er freundlich die großen Hunde begrüßen. Er war ganz lieb, da sprangen die mit wildem Gebell gegen die Tür, die sofort aufsprang. Beide stürzten sich auf den armen Hund – der eine packte ihn im Nacken und schleuderte ihn hin und her, bis er tot war und auf der Straße liegen blieb. Dann kamen die Besitzer aus dem Haus gerannt. Der arme Hund!"

Martin beugte sich über den Hund. Plötzlich schaute der mit dem messerscharfen Sehschlitz eines (!) Auges zuerst sein Herrchen, dann die Kinder an. Als Watson mitbekam, dass keine Feinddogge mehr zu sehen war, sprang er auf, schüttelte sich kräftig, sodass die langen Ohren an den Kopf klatschten, und trottete ungeachtet der verdutzten Zuschauer Richtung Heimat.

Vater Martin meinte, dass der Herr Doktor „seine Jacke" viel zu groß gekauft hätte. Er erklärte den Kindern, dass ein weiterer Vorteil dieser Hunderasse bei Angriffen wie diesen die außergewöhnliche Dehnbarkeit des Fells sei: Griff man in das Hundefell auf dem Rücken, konnte man es gute 25 cm anheben, ohne dass das Tier Schmerzen litt.

Ein cleverer Bursche, dieser Hund – spielte einfach bei der Feindattacke „toter Käfer"!

FERIEN AUF RÜGEN

Mutter Uta war eine richtige Powerfrau. Neben dem Ausbauhaus, ihrem Fulltimejob in der Schule in der anderen Stadt, dem riesigen Haushalt und den drei Kindern frönte sie zwei Mal wöchentlich ihrem Hobby: Sie malte! Montag im Lehrermalzirkel und Donnerstag ganz privat mit zwei gleichgesinnten Freundinnen.

Ein netter, älterer Kollege, der Herbert, hatte sie immer wieder angespornt, sich am Wochenbeginn abends zu beteiligen. Noch dazu, weil sie eine Ausbildung als Kunsterzieher hatte.

Sie ließ sich überreden und stand irgendwann montags nach der Arbeit in der Schule vorzeitig vor dem Gebäude, in dem sich auch eine Gaststätte befand.

Der Malzirkel hatte sein Domizil in zwei Kellerräumen, ausgestattet mit Staffeleien, Druckpressen und allen möglichen Utensilien, die so ein Arbeitskreis braucht.

„Die Kneipe hat aber heute nicht offen!", sagte ein lockiger Mittvierziger mit prüfendem Blick.

„Sagen Sie, sehe ich so aus, als wenn ich in die Kneipe will?!" Uta war fast beleidigt.

„Eigentlich nicht – wo wollen Sie denn hin?"

Sie erklärte ihr Vorhaben und dass sie regelrecht zur Teilnahme überredet wurde.

„Na dann sind Sie bei mir richtig!" Hajo stellte sich als Leiter des Lehrermalzirkels vor. Inzwischen kamen die anderen ‚Montagsmaler(innen)'.

Dann erschien ER. Ein Bild von einem Mann: braungebrannt, muskulös, kurzes, lockiges Haar... ein Adonis! Irgendwie kam er Mutter Uta bekannt vor. Natürlich – der Bademeister! Aber im Lehrermalzirkel..?

Dann war es soweit. Im Keller roch es nach Ölfarbe und Terpentin. Uta mochte diesen Geruch. Ein jeder ging an seine Staffelei. Sie bekam auch eine zugewiesen. Nur nicht der Bademeister, denn der entledigte sich eines Kleidungsstücks nach dem anderen. Also Aktmalerei stand auf dem Programm – auch das noch. Ihr Kollege Herbert hatte wohlweislich nichts davon erwähnt. Die ‚menschliche Figur' war eh ihr Ding, und sie schlug sich mit Blatt und Kohle recht wacker. Nur das Geschlechtsspezifische fehlte auf allen Zeichnungen; jedes Mal vor Vollendung kam es zum Posenwechsel!

Martin saß abends mit Freunden zu Haus am Küchentisch und alle warteten voll Spannung auf Utas künstlerisches Ergebnis. Sie hatte es in der Männerrunde nicht leicht, wusste aber das Fehlende auf den Zeichnungen zu rechtfertigen.
Das sollte der Abschluss ihres Debüts im Lehrermalzirkel sein.

Schön war, dass die Mitglieder des Zirkels in den Frühjahrs- und Herbstferien für je eine Woche mit ihren Familien zum Malen auf die Insel Rügen fuhren. Sie bezogen Quartier in einem alten Fischerhaus am Jasmunder Bodden, das zu einem Ferienlager gehörte. Doktor Watson durfte auch mit.

Allein die Fahrt mit dem Trabbi in Laubfroschfarbe plus Anhänger wurde zu einem unvergesslichen Erlebnis. Im Anhänger waren alle Sachen nebst Angelzeug für Vater und Jungs untergebracht und im Trabant-Kombi 601 saßen Martin am Lenkrad, Uta als Beifahrerin, die drei Kinder auf der Rückbank und im Laderaum war Doktor Watson untergebracht.

Nun hatte dieser Trabbi nur zwei Fenster zum Öffnen, die in die beiden Türen eingebaut worden waren, und der Hund den Bauch voller Pansen...

Vielleicht lag es auch an der ungenügenden Federung des Fahrzeugs oder an den damaligen schlechten Straßenverhältnissen – nach gut zwei Stunden ging das los: Die Kinder schrien nach Frischluft, und sofort mussten Vater und Mutter zeitgleich die Fenster 'runterdrehen, weil der Pansen unglaubliche Gerüche aus dem Hund hervorbrachte!

Die Jungs und das kleine Mädchen hatten beim nächsten Zwischenstopp eine fahle Gesichtsfarbe und mussten sich erst einmal erholen. Dann ging's weiter. Immerhin wurden vom Harz bis zum Zielort auf der Insel acht Stunden Fahrzeit benötigt.

Nach und nach trafen sich dort die Zirkelmitglieder mit ihren Familien und bezogen ihr Quartier. In der einfachen Unterkunft gab es alles, was man benötigte. Es waren so viel Zimmer vorhanden, dass sogar die Jungs mit ihren Freunden zusammen wohnen konnten.

Ein großer Gemeinschaftsraum lud zum gemeinsamen Essen, Spielen, Basteln und Malen. Auch Doktor Watson fühlte sich pudel- nein, eher bassetwohl!

Nach dem gemeinsamen Frühstück ging es täglich hinaus ans Meer. Die unterschiedlichen Strände wurden inspiziert: Ein Strand bestand nur aus riesigen Klamotten, dann gab es den wunderbaren Sandstrand, den Steinstrand, die Kreidefelsen und die hochinteressanten Häfen!

Es wurde gespielt, gemalt und gezeichnet, fotografiert, getobt und nach Hühnergöttern, Bernstein und Klappersteinen Ausschau gehalten. Selbst an Regentagen wurde es nie langweilig. Einmal standen sie an einer Fischräucherei im strömenden Regen um eine Mülltonne herum und verspeisten genüsslich den noch warmen Bückling. Dr. Watson bekam auch einen Fisch. Die Väter bauten mit den Kindern Drachen, die sie bei schönem Wetter mit ausreichend Wind steigen ließen.

Der Hund war immer dabei und sein helles Fell wurde noch heller, die Ballen an seinen Pfoten wurden durch den Sand abgeschliffen und sahen aus wie dicke, rosige Radiergummis.

Es herrschte immer ein gutes Einvernehmen unter den Montagsmalern, ihren Familien und Doktor Watson. Er genoss während dieser Zeit die unzähligen Streicheleinheiten.

Aber es gab auch unüberlegte Kommentare von Inselgästen, die sich über das Aussehen des Hundes in beleidigender Form äußerten. Den gemeinsten Begriff mag man nicht wiederholen – als Scharadesuchwort würde man den als SKANDALMEDIKAMENT-RIND bezeichnen. Man war zu recht empört und es kratzte ein wenig an der Familienehre, aber man stand über den Dingen nach dem Motto: „Herr vergib ihnen, denn sie wissen nicht, was sie tun." …bzw. sagen.

Diese Ferien waren immer ein voller Erfolg – nur mit dem Angeln im Bodden hatte es auch auf der Insel nicht so recht geklappt....

HOLMES

Das Haus der Familie stand lange leer – zumindest die untere Etage. Aber nun wurde es nach und nach wohnlich hergerichtet und alle fühlten sich sehr wohl.

Niemand dachte an vorherige Untermieter, die sich nicht so leicht vertreiben ließen. Man fand zwar ab und zu an den unterschiedlichsten Stellen ein Corpus Delicti, das auf graue Nager schließen ließ, aber man hatte bis dato noch keine Maus zu Gesicht bekommen. Das sollte sich schlagartig ändern.

Mutter Uta traf sich an jenem Abend mit den anderen Lehrerinnen, den Erzieherinnen und den Technischen Kräften ihrer Schule bei der Patenbrigade. Laut Wikipedia war „eine Patenbrigade in der DDR eine Brigade oder ein vergleichbares Kollektiv, ... das eine Patenschaft über Schulklassen und Kindergartengruppen ... übernahm".

Wie schön, dass so emsig die Kontakte gepflegt wurden – die Damen verabredeten sich dort zum „Weiberkonvivchen", wie sie ihr eher privates, allmonatliches Treffen liebevoll nannten.

Es erwies sich als ungemeiner Vorteil, diese Patenschaft mit den Mitarbeitern einer der renommiertesten Gaststätten der Stadt zu haben! Alle waren miteinander vertraut und die Frauen bestellten hemmungslos die aufgezeichneten Gerichte. Das ging die Speisekarte hoch und runter, und niemand echauffierte sich. Manchmal wurde sogar getanzt und ein lustiger, älterer Lehrer ließ es sich nicht nehmen, immer mit dabei zu sein.

Darum war Martin allein zu Haus. Die Kinder schliefen längst und im Fernsehen lief ein spannender Krimi. Vater hatte es sich auf der Couch bequem gemacht und verfolgte hochkonzentriert die dramatische Handlung. Plötzlich fuhr er zusammen – unmittelbar neben ihm bewegte es sich... Saß doch eine Maus direkt auf der Couchlehne und sah ihn tolldreist Auge in Auge an!

Das war der Gipfel der Unverfrorenheit. Allein der Gedanke, dass die Nager die neuen Balken schreddern oder es sich gar im Schlafzimmer unter den Betten gemütlich machen könnten, bestärkten Vater in seinem unabänderlichen Beschluss: Eine Katze muss her!

Der Familienrat tagte tags darauf und Martins Vorschlag wurde einstimmig angenommen. Das ließen sich die Kinder nicht zweimal sagen: Bereits am Nachmittag brachte Daniels Mitschülerin Mary Ann eine Handvoll schwarzes Fell ins Haus, das einmal ein Kätzchen werden wollte. Das Tierchen entwickelte sich prächtig und hörte auf den Nachnamen von Dr. Watsons cleveren Mitarbeiter Sherlok Holmes.

Anfänglich genoss Kater Holmes bei seinem Doktor-Vater-Hund Welpenschutz. Auch dieser Holmes im Fell war sehr raffiniert und das schlaue Kerlchen trickste nicht nur den Hund, sondern Kind und Kegel (oder vielmehr die Eltern) aus!

Allerdings erwies sich Holmes, der inzwischen ein ausgewachsener Kater geworden war, als hervorragender Mäusefänger. Das machte das heimliche Naschen von eigentlich unzugänglichen Speisen, das unerlaubte Schlafen im Bett des kleinen Julchens, das Betätigen der Lichtschalter im Haus und das Öffnen nicht verschlossener Türen allemal wieder wett.

Einmal wollte er einen eingewickelten, gut 2kg schweren Rollbraten durch die Katzenklappe in den Keller befördern, was aber aufgrund der Klappengröße für normale Katzen gründlich misslang. Außerdem kam Frauchen dazu. Sie wunderte sich anfänglich, dass das Fleischpaket immerzu an die Klappe plautzte – der Kater zog von der Kellerseite aus und sie sah wirklich nur das Eingewickelte. Dennoch ‚roch sie den Braten' und wetterte wie ein Rohrspatz, was den Schwarzen ohne Beute in die Flucht schlug.

Ein anderes Mal schimpfte Vater Martin, weil die Kinder mal wieder ihre Hausschuhe unter dem Küchentisch vergessen hatten, was sich aber bei genauerem Hinsehen als ausgefressenes Eichhörnchen erwies.

Mit der Zeit ging jedes der Tiere den ihnen zugewiesenen Aufgaben nach und beide benahmen sich schließlich wie Hund und Katze.

VERBANNUNG

Wenn ein Hundebesitzer sagt „Der tut nichts!", ist dennoch eine gesunde Skepsis angebracht. Niemand kann letztendlich für seinen Vierbeiner seine Hand ins Feuer legen. Auch Martin und Uta mussten diese bittere Lektion erfahren.

Sie wollten spazieren gehen. Das kleine Julchen saß schon mit Jacke und Mütze bekleidet und dem Hund unter dem Küchentisch. Beide warteten auf die Eltern. Plötzlich schrie das Mädchen auf: Dr. Watson hatte das Kind mitten ins Gesicht gebissen!

Martin zog das blutüberströmte Kind unter dem Tisch hervor. Der Schreck steckte den Eltern in den Gliedern. Dennoch muss man gerade in solch einer Situation einen kühlen Kopf bewahren. Ähnliches hatten Martin und Uta mit stark blutenden Kopfplatzwunden bei den Jungs erlebt – einmal war es die Tischkante und das andere Mal die Fensterbank. Diesmal die Bisswunde. Also wieder eine frische, gebügelte Mullwindel um den Kopf und ab zum Krankenhaus!

Utas Schulfreund hatte Dienst. „Hoffentlich hatte sich euer Hund vorher die Zähne geputzt!"

Er säuberte die Wunde und behandelte den Dreiangel an der kleinen Nase mit einem gekonnten, winzigen Stich.

Das durfte man wohl nicht, aber auch in diesem Fall war für den optimalen Heilungsprozess ‚Vitamin B' von allerhöchster Wichtigkeit.

Die Eltern werden wohl nie erfahren, was sich da unter dem Küchentisch abgespielt hatte. Sie vermuteten, dass Juliane ihre kleinen Fingerchen in die Hundenase schob.
Selbst wenn es so war – bei allem Verständnis für Dr. Watson musste der Vorfall geahndet werden, um Schlimmeres zu vermeiden.

Fortan durfte der Hund nicht mehr das Haus betreten. Martin mauerte ihm auf dem Hof eine Hütte mit Eingang, Glasbausteinfenster im ‚Wohnbereich' und Boden mit Stauraum. Natürlich kam ringsum ein Jägerzaun, der Dr. Watsons Aktivitäten auf dem Grundstück eingrenzte, wenn das kleine Mädchen oder andere Kinder auf dem Hof waren. Strafe muss sein.

PFANNKUCHEN

Der Kater wusste nur zu gut, wenn der Hund im Jägerzaunzwinger eingesperrt war. Holmes provozierte; er stolzierte ganz langsam in Schnauzenlänge (plus ca. 5 cm) geradeaus schauend, den Schwanz in die Höhe gestreckt, am Zwinger vorbei nach dem Motto ‚Hat denn keiner den Hund gesehen..?‘, und der ist hinter der unüberwindbaren Abgrenzung beinahe verrückt geworden.

Martin und Uta hatten einem befreundeten Ehepaar das Nebengebäude auf dem Grundstück als klitzekleine Alternative für eine Holzspielzeug-Werkstatt zur Verfügung gestellt. Eigentlich wollten die Vier einmal zusammen arbeiten, was sich aber aufgrund von vorgeschriebenem ‚Kapitalistenstundenlohn‘ (ca. 1.37 Mark) für Mitarbeiter zu DDR-Zeiten als unmöglich erwies. Gut – sie hatten sich zwar schon mit Entwürfen und Beziehungen eingebracht, aber dennoch erwies es sich als besser, wenn jeder sein Süppchen selbst kochte. Nur Dr. Watson bekam einen unbezahlten Job von Meierings als Wachhund. Doch manchmal wurde er mit Knochen oder anderen Leckerlies belohnt.

Einmal war es ein Pfannkuchen. Berliner sagen ‚Berliner‘. Just in diesem Moment hatte Dr. Watson aber keinen Appetit auf das schon recht trockene Gebäckstück.

Der Hof, an den der Garten angrenzte, war nicht gepflastert. Der Boden bestand aus festgetretenem Erdreich und der Hund hatte die Absicht, eben diesen Pfannkuchen auf dem Hof zu vergraben. Das war ein Ding der Unmöglichkeit; er schubberte sich die Nase blutig und legte sich neben den kugligen Dreckhaufen, um ihn zu bewachen. Sobald nun jemand in dessen Nähe kam, knurrte der Hund bedrohlich und entblößte einen seiner stattlichen Reißzähne. Das flößte ungeheuren Respekt den Besuchern ein, die das Hundetier nicht kannten. Irgendwann war der Pfannkuchen gefressen und Dr. Watson wurde wieder der freundlichste Hund der ganzen Welt.

FREITAGS WIRD GEBADET

Meierings fanden ein eigenes Haus mit Werkstatt. So konnten auch Martin und Uta nach einem Umbau des Nebengebäudes ihren Wunsch nach der eigenen Holzwerkstatt realisieren. Utas Vater half beim Bau einiger Maschinen und durch die Vorreiter-Freunde kannte das Ehepaar den ihnen bevorstehenden Werdegang.

Der Start war trotzdem sehr schwierig: Um erforderliche Maschinen, Werkzeuge und Material zu erhalten, musste man in der entsprechenden Einkaufs- und Liefergenossenschaft organisiert sein. Man bekam dann ein Kontingent bewilligt und zugewiesen. Für Holzspielzeug und Deko-Elemente brauchte man natürlich Holz.

Durch das Organisieren von Restbeständen musste auch Holz im Garten gestapelt werden. Um es vor Erdfeuchtigkeit zu schützen, lagerte Martin die Bretter auf Hohlblocksteine aus Beton.

Das war natürlich ein herrlicher Spielplatz für Hund und Kater! Der clevere Holmes ließ sich jagen und verschwand unter einem Holzstapel. Dr. Watson tobte hinterher. Allerdings passte er in der Höhe gerade so darunter und musste seitlich wie eine Schildkröte mit den Beinen graben, um überhaupt vorwärts zu kommen. Endlich am anderen Ende angelangt, saß der Schwarze längst auf dem Stapel und beobachtete von oben gelangweilt den Hund, wie der sich mühevoll hervorquälte.

Dann ging das Spiel von vorn los. Dem schwarzen Kater machte das natürlich nichts aus. Auch putzte er sich selbst. Das weiß-braune Fell von Dr. Watson war nach solchen Aktionen total verdreckt. Das verlangte nach Konsequenzen, denn Ausbürsten allein genügte nicht.

Meistens war der Gartenschlauch und Hundeshampoo erforderlich. Der Hund ließ die ganze Prozedur, die fast immer freitags ablief, über sich ergehen. Kaum war das Schwarzbraun wieder braun und das Mittelgrau zum Weiß geworden, schüttelte sich der Vierbeiner, sodass die Ohren am Kopf ganz laut schlabberten. Danach panierte er sich wie ein Schnitzel auf dem nächsten erreichbaren Dreckhaufen! Aber weil es sich in diesem Fall um losen Dreck handelte, ließ er sich nach dem Trocknen fast mühelos abbürsten.

Manchmal, wenn es draußen zu kalt oder zu nass war, trocknete Dr. Watson in der Werkstatt, nachdem er sich in Hobelspänen gewälzt hatte. Dann sah er anfänglich noch schlimmer aus, aber das ging auch.

Lag im Winter Schnee, erübrigte sich das alles. Dann sah der Hund wie aus dem Ei gepellt aus. Der Doktor mochte Schnee. Lag davon eine Menge auf dem Hof und im Garten, wühlte er sich durch, bis manchmal nur die Schwarzspitze wie eine Antenne aus dem lockeren Schnee herausragte. Mit der Zeit wurde es ihm allerdings aus verständlichen Gründen am Bauch ungemütlich. Dann hopste er in großen Sprüngen zurück zu seiner Hütte, um sich dort in Stroh und Decken zusammenzurollen und zu wärmen.

Wenn jedoch die Minusgrade anstiegen, durfte er während dieser Zeit in der beheizten Werkstatt wohnen. Dann favorisierte Dr. Watson frische Hobelspäne als Hundebett – die roch so gut!

ABSCHIED

Des Doktors Fell wurde mit der Zeit immer heller, ausgeblichener. Inzwischen hatte er das stattliche Hundealter von 15 Jahren erreicht. Wenn die Sonne schien, wollte er unbedingt all ihre Strahlen erhaschen. Die Wärme tat ihm gut.

Selbst Holmes konnte ihn nicht mehr provozieren. Watson genoss die Streicheleinheiten seines Rudels und hatte nur noch wenig Lust, vor die Tür zu gehen. Irgendwann wollte er einfach nicht mehr aufstehen. Sein Hundeblick verriet: Ich will nicht mehr.

Martin und Uta verstanden ihn und trafen eine Entscheidung zum Wohl des Tieres. Richard kam. Er war promovierter Tierarzt und bestätigte die Entscheidung der Eltern. Dr. Watson schlief ein – völlig schmerzfrei.

Die ganze Familie litt unter dem Verlust. Der Hund wurde im Beisein von Eltern und Kindern im Garten hinter dem Haus begraben. Tränenreicher Abschied von einem Tier, das das Familienleben ungemein bereicherte.

Abends saßen alle zusammen um den Küchentisch. Holmes auch. Eltern und Kinder erzählten sich die unglaublichen Geschichten, die sie mit Dr. Watson erlebt hatten. Dabei schlug die Trauer in freundliche Erinnerung an das langjährige Familienmitglied um. Sie konnten lachen, auch wenn dabei Tränen kullerten. Man müsste ein Buch schreiben... Ein neuer Hund? Vielleicht später.

Jahre danach kam Franz. Aber das ist eine ganz andere Geschichte.

Zeitfracht Medien GmbH
Ferdinand-Jühlke-Straße 7
99095 Erfurt, Deutschland
produktsicherheit@kolibri360.de